ISBN: 978-3-7693-1779-4

Vorwort

Liebe Leserinnen und Leser,

habt ihr euch jemals gefragt, warum in romantischen Filmen immer alles perfekt läuft? Warum die Heldin niemals Kaffeeflecken auf ihrem Kleid hat, der Bräutigam nie den Ehering verliert und niemand sich bei einem romantischen Date versehentlich den Mantel in der Autotür einklemmt?

Nun, dieses Buch ist für all diejenigen, die wissen, dass das echte Leben **kein Hochglanzfilm** ist – sondern eine **herrlich chaotische Komödie** mit unzähligen Fettnäpfchen, peinlichen Missgeschicken und jeder Menge Lachtränen.

Lena und Tom zeigen uns, dass Liebe nicht perfekt sein muss. Dass wahre Romantik nicht in kitschigen Candle-Light-Dinners steckt, sondern in gemeinsam gemeisterten Katastrophen, in missglückten Überraschungen und in der Erkenntnis, dass man sich trotz (oder gerade wegen) all der kleinen Pannen liebt.

Wenn ihr also Lust auf eine Liebesgeschichte habt, die mehr mit umgestürzten Hochzeitstorten als mit makellosen Märchenprinzen zu tun hat, dann seid ihr hier genau richtig.

Macht es euch gemütlich, lehnt euch zurück – und taucht ein in eine Geschichte voller Lacher, Liebe und herrlichem Chaos.

Viel Spaß beim Lesen!

Eure Betina

Liebesleben rebooten – oder warum ich Tinder hasse

Ich saß mit Sarah in meinem Lieblingscafé und starrte auf mein Handy, als ob es ein wildes Tier wäre, das mich gleich anspringen würde.

„Lena, du kannst dich nicht ewig davor drücken", sagte Sarah, während sie genüsslich an ihrem Latte Macchiato nippte. „Zehn Jahre Single? Das ist nicht mehr witzig, das ist ein Sozialexperiment."

Ich verdrehte die Augen. „Ich bin nicht zehn Jahre Single, ich hatte nur … eine sehr lange Selbstfindungsphase."

„Aha. Und was hast du gefunden? Netflix und eine Vorliebe für Fertigpizza?"

Ich wollte widersprechen, aber sie hatte nicht ganz Unrecht. Es war nicht so, dass ich bewusst das Datingleben verweigert hatte, aber irgendwie war es passiert. Erst war da die anstrengende Arbeit, dann die bequeme Routine – und plötzlich waren zehn Jahre vorbei, ohne dass sich auch nur eine romantische Geschichte in meinem Leben abgespielt hatte.

„Also gut", seufzte ich. „Wie funktioniert dieser Dating-Wahnsinn heutzutage?"

Sarah grinste diabolisch und zückte ihr Handy. „Sag Hallo zu Tinder."

Ich zuckte zurück. „Oh nein. Nein, nein, nein. Ich mache keine peinlichen Selfies und swipen wie ein gelangweilter Teenager!"

„Doch, genau das machst du. Und du wirst es lieben."

Sarah nahm mir mein Handy aus der Hand und installierte in Rekordgeschwindigkeit die App. Ich sah hilflos zu, wie sie mein Schicksal besiegelte.

„So, Profilbild! Zeig her, was wir haben."

„Ich habe kein gutes Bild! Ich bin unfotogen! Ich … ich … habe höchstens eins mit meiner Katze."

Sarah scrollte durch meine Galerie und verzog das Gesicht. „Lena, du siehst hier auf jedem Bild aus, als wärst du entweder todmüde oder hättest gerade einen Wutanfall. Und warum gibt es so viele Bilder von Essen?"

„Weil Essen mich nie enttäuscht."

Sarah ignorierte meinen Einwand und wählte ein halbwegs akzeptables Foto aus, auf dem ich lächelte. Dann tippte sie eifrig eine Bio: **Kaffee-Junkie, Sarkasmus-Profi und Meisterin der Netflix-Binges.**

Suche jemanden, der mit mir über schlechte Filme lacht."

„Das klingt verzweifelt", jammerte ich.

„Das klingt sympathisch", korrigierte sie. „So, jetzt swipen wir."

Ich biss mir auf die Lippe und starrte auf den Bildschirm. Der erste Typ sah aus wie ein wandelnder Fitness-Hashtag, posierte oberkörperfrei mit einem Proteinshake. „Äh, nein."

Der nächste hatte einen Fisch in der Hand. Warum hatten so viele Männer auf Tinder Fischbilder?!

Dann ein netter Typ, der sogar lächelte. Ich wollte nach links wischen, aber Sarah griff ein. „Nach rechts! Du kannst doch nicht alle ablehnen!"

„Doch, kann ich."

„Lena! Sei mutig."

Ich seufzte und wischte nach rechts. **Es war ein Match.**

„Oh Gott", keuchte ich. „Was mache ich jetzt?"

Sarah klatschte begeistert in die Hände. „Na, du schreibst ihm!"

Ich bekam Panik. „Was soll ich denn sagen? ,Hallo, ich bin seit zehn Jahren aus dem Dating-Business raus und hoffe, du bist kein Serienkiller'?"

Sarah lachte. „Oder du schreibst einfach ,Hey'."

Ich nahm all meinen Mut zusammen und tippte: **„Hey."**

Dann legte ich mein Handy hin, als ob es explodieren könnte.

„Das war's. Ich bin offiziell wieder im Datinggame."

Sarah grinste. „Und ich kann es kaum erwarten, dich scheitern zu sehen."

Oh, das würde ein Desaster werden. Ich konnte es fühlen.

Ein Match mit Folgen

Mein Handy vibrierte. Ich zuckte zusammen, als hätte mich ein Blitz getroffen.

„Er hat geantwortet!", kreischte Sarah aufgeregt, bevor ich überhaupt die Chance hatte, den Bildschirm anzusehen.

„Oh nein", flüsterte ich. „Was, wenn er zu nett ist? Oder zu komisch? Oder schlimmer – was, wenn er direkt ein Treffen vorschlägt?!"

Sarah schnappte mir das Handy aus der Hand und las laut vor: **„Hey Lena, schön, dich kennenzulernen! Was hat dich nach so langer Pause wieder ins Dating-Leben zurückgebracht?"**

Ich stöhnte. „Super. Jetzt muss ich ihm die Wahrheit sagen oder mir eine kreative Lüge ausdenken."

„Sag ihm einfach, dass deine beste Freundin dich zwingt, um dich aus deinem Trott zu holen."

Ich tippte genau das – mit einer extra Dosis Selbstironie. Nach nur wenigen Sekunden kam die nächste Nachricht: **„Gute Freundin! Ich wette, sie sitzt neben dir und zwingt dich gerade zu antworten."**

Sarah klatschte in die Hände. „Ich mag ihn. Er hat Humor."

„Noch ist nichts bewiesen", murmelte ich, während ich überlegte, was ich als Nächstes schreiben sollte. Small Talk war nie meine Stärke, aber hey – wenn ich das hier überleben wollte, musste ich es lernen.

„Also, was machst du so?", tippte ich schließlich.

Seine Antwort kam schnell: „Ich arbeite als Grafikdesigner, koche leidenschaftlich gern und habe eine Schwäche für schlechte 90er-Jahre-Filme."

Ich spürte, wie meine Lippen zu einem Lächeln zuckten. **Das klang ja fast zu gut, um wahr zu sein.**

„Na, was sagst du?", fragte Sarah neugierig.

„Dass ich hoffen muss, dass er nicht einer von denen ist, die nach fünf Nachrichten nach meiner Adresse fragen."

Sarah verdrehte die Augen. „Ein bisschen Optimismus, bitte!"

Ich holte tief Luft und tippte: „Okay, das mit den 90er-Jahre-Filmen macht dich fast schon sympathisch. Was ist dein Favorit?"

Ich wartete. Und wartete. Und wartete.

Doch sein Antwort blieb aus.

„Oh nein", murmelte ich. „Habe ich ihn mit dieser Frage abgeschreckt?"

Sarah lachte. „Oder vielleicht hat er einfach ein Leben außerhalb von Tinder? Beruhig dich, er wird schon schreiben."

Trotzdem ließ ich mein Handy nicht aus den Augen. **Das war schlimmer als ein Thriller.**

Und dann, gerade als ich kurz davor war, mein Handy wegzulegen, vibrierte es.

„Ganz klar: ‚Clueless'. Und deiner?"

Ich grinste. Vielleicht war das doch kein kompletter Reinfall.

Das erste Date und andere Katastrophen

Ich hatte nicht damit gerechnet, dass es so schnell gehen würde. Aber da war es – die unvermeidliche Frage:

„Hast du Lust, mal einen Kaffee trinken zu gehen?"

Mein Herz setzte für einen Moment aus. **Ein echtes Date? In der echten Welt? Mit einem echten Menschen?** Ich war doch noch nicht bereit! Ich hatte mich noch nicht mental darauf vorbereitet, wie man sich in so einer Situation verhält. Sollte ich vorher einen Crashkurs in Small Talk belegen? Oder einen

Selbstverteidigungskurs, falls er doch ein Serienkiller war?

„Du hast jetzt genau zwei Möglichkeiten", sagte Sarah mit einem triumphierenden Grinsen. „Entweder du sagst zu, oder ich nehme dein Handy und sage für dich zu."

Ich starrte sie mit zusammengekniffenen Augen an. „Ernsthaft? Das sind meine beiden Optionen?"

„Jap."

Ich atmete tief durch. **Okay, Lena. Es ist nur ein Kaffee.** Keine Ehe, kein Heiratsantrag, kein gemeinsames Haus mit Hund. Nur. Ein. Kaffee.

„Klar, warum nicht? :)" tippte ich schließlich und drückte auf Senden.

„Na endlich!" Sarah riss die Arme in die Luft. „Ich bin so stolz auf dich."

Ich war mir nicht sicher, ob Stolz das richtige Gefühl war. Panik? Ja, definitiv Panik.

Der Tag des Dates

Ich hatte mir extra ein paar schlaue Artikel durchgelesen. „Die zehn schlimmsten Fehler beim ersten Date". „Wie du nicht wie ein kompletter Versager rüberkommst". „Was du machst, wenn dein Date eine rote Flagge ist". Sehr beruhigend.

Als ich mich endlich für ein Outfit entschieden hatte – **nicht zu schick, nicht zu nachlässig, sondern eine perfekte Mischung aus „Ich habe mir keine Mühe gegeben, obwohl ich zwei Stunden vorm Spiegel stand"** – machte ich mich auf den Weg.

Wir hatten uns in einem kleinen Café in der Innenstadt verabredet. Mein Date – nennen wir ihn einfach mal Tom – saß schon an einem Tisch und winkte mir zu. **Er sah tatsächlich so aus wie auf seinen Bildern.** Das war ja schon mal ein guter Anfang.

„Hey! Schön, dass du da bist." Er lächelte, und ich fühlte mich ein kleines bisschen weniger nervös.

„Ja, hey! Ich bin's. Also … offensichtlich." Oh mein Gott, **hatte ich das gerade wirklich gesagt?**

Er lachte. „Das hoffe ich doch."

Okay. Kein Totalausfall. Ich setzte mich und bestellte einen Cappuccino, während Tom mir erzählte, dass er sich spontan entschieden hatte, ein paar Tage frei zu nehmen und einfach mal die Stadt zu genießen.

„Und du? Was machst du so?" fragte er.

Das war der Moment. Jetzt musste ich cool und interessant klingen.

„Äh, ich … arbeite in einer Marketingagentur. Und ich … ähm … mag Kaffee."

Ernsthaft, Lena?! Ich konnte praktisch hören, wie Sarah in meinem Kopf laut aufschrie.

Tom schien sich davon nicht abschrecken zu lassen. „Kaffee ist ein solides Hobby."

Ich lachte. **Okay, er war nett. Und entspannt. Und er hatte mich noch nicht ausgelacht.** Vielleicht war das ja doch gar nicht so schlimm.

Wir redeten eine Weile über belanglose Dinge – Lieblingsserien, peinliche Kindheitserinnerungen, warum so viele Männer auf Tinder mit Fischen posierten.

Dann kam der Moment, der **alles ruinierte.**

Ich wollte nur meine Tasse nehmen, aber meine Hand rutschte ab. Der Cappuccino kippte um – direkt über den Tisch, über meine Handtasche und über Tom.

„Oh mein Gott!" Ich sprang auf, während Tom überrascht zurückwich.

„Äh … heiß, aber erträglich", sagte er und sah an sich herunter. Sein Hemd war jetzt mehr Cappuccino als Hemd.

„Ich bin so, so, so sorry!" Ich griff nach einer Serviette und versuchte hektisch, den Schaden zu minimieren. **Mein erstes Date seit Ewigkeiten, und ich verwandelte es in eine Kaffeekatastrophe.**

Tom lachte. **Er lachte!**

„Weißt du was? Jetzt hast du definitiv ein unvergessliches erstes Date hingelegt."

Ich schüttelte fassungslos den Kopf. „Ich wollte nicht unvergesslich sein! Ich wollte normal sein!"

Er grinste. „Wo bleibt denn da der Spaß?"

Und plötzlich – trotz der peinlichen Panne, trotz des verschütteten Kaffees, trotz meines sozialen Unvermögens – wurde mir klar: **Vielleicht war das gar nicht so schlimm. Vielleicht war das sogar … gut?**

Ich holte tief Luft und lachte schließlich auch. „Na gut. Dann hoffe ich, dass du auch beim zweiten Date noch so eine lockere Einstellung hast."

Tom sah mich überrascht an – und dann lächelte er. „Also, das war eine Einladung?"

Ich biss mir auf die Lippe. **Oh Gott. Hatte ich das gerade wirklich gesagt?**

„Äh … vielleicht?"

Er grinste. „Weißt du was? Ich nehm's an."

Und plötzlich war ich mitten im Dating-Leben drin. Mit Kaffeeflecken, Peinlichkeiten und allem, was dazugehörte.

Hilfe, ich habe ein zweites Date!

„Also, was ziehst du an?" fragte Sarah mit der Ernsthaftigkeit einer Chirurgin vor einer Operation.

„Äh … Klamotten?"

Sie verdrehte die Augen. „Lena. Wir haben nicht Jahrzehnte in der Evolution verbracht, um Dates in Jogginghosen abzuhalten."

Ich stöhnte. „Das ist ein zweites Date, kein königlicher Empfang. Und ehrlich gesagt hätte ich nach dem Kaffeedesaster erwartet, dass Tom untergetaucht ist, seinen Namen geändert und sich eine neue Identität zugelegt hat."

Sarah grinste. „Tja, aber er hat sich nicht nur gemeldet, sondern dich tatsächlich wiedersehen wollen. Entweder ist er masochistisch oder – und das ist wahrscheinlicher – er mag dich wirklich."

Ich schüttelte den Kopf. **Ein Mann, der nach meinem Cappuccino-Angriff noch Interesse hatte?** Das war entweder romantisch oder ein Zeichen für mangelnden Selbsterhaltungstrieb.

„Also, wo trefft ihr euch?"

Ich biss mir auf die Lippe. „Ähm … in einem Restaurant."

Sarahs Augen wurden groß. „Lena! Ein Restaurant?! Nach dem Kaffee-Massaker?!"

„Ich weiß! Es ist ein Fehler!" rief ich verzweifelt. „Ich hätte vorschlagen sollen, einfach irgendwo auf einer Parkbank zu sitzen! Ohne Getränke! Ohne potenzielle Katastrophen!"

„Zu spät", sagte Sarah und klatschte in die Hände. „Dann brauchst du ein Outfit, das dich im Falle eines erneuten Flüssigkeitsunfalls rettet."

„Gibt es so etwas wie eine spritzwassergeschützte Bluse?"

Sarah ignorierte mich und hielt mir ein Kleid hin. **Ein Kleid.** Ich trug vielleicht einmal im Jahr ein Kleid – und das nur, wenn es auf einer Einladung stand: *„Kleiderordnung: Wir zwingen dich dazu."*

„Sarah, das bin nicht ich."

„Lena, genau das ist der Punkt. Es ist ein Date, keine Pyjama-Party."

Ich seufzte. **Wie schwer konnte es schon sein, für ein paar Stunden eine andere, elegantere Version von mir selbst zu sein?**

Das zweite Date: Eine Studie in Peinlichkeit

Ich stand vor dem Restaurant und versuchte, nicht nervös mit meiner Handtasche herumzuwedeln. **Gut, Lena. Tief durchatmen. Heute verschüttest du nichts. Heute bist du eine funktionierende Erwachsene.**

Tom tauchte auf, sah gut aus (natürlich sah er gut aus) und lächelte mich an. „Hey! Wow, du siehst toll aus."

„Danke! Ich habe extra etwas gewählt, das Flüssigkeiten absorbieren kann."

Warum? Warum sagte ich solche Dinge?

Tom lachte. „Ich finde das praktisch."

Wir gingen rein, setzten uns – und ich schwor mir, diesmal alles richtig zu machen. **Kein Verschütten. Keine unkontrollierten Bewegungen. Kein peinliches Geplapper.**

Fünf Minuten später rutschte mir die Gabel aus der Hand und flog quer über den Tisch.

„Ich … ich …" stammelte ich, während ich versuchte, die Fassung zu bewahren.

Tom grinste. „Falls du versuchst, mich mit Geschirr zu bewerfen – ich kann ausweichen."

Ich schlug die Hände vors Gesicht. „Ich bin ein Desaster."

„Nein, du bist unterhaltsam."

„Ich meine das ernst! Normale Menschen werfen keine Bestecke durch die Gegend!"

Tom lehnte sich zurück. „Weißt du, wie viele langweilige Dates ich in meinem Leben schon hatte? So ein bisschen Chaos ist eigentlich erfrischend."

Ich blinzelte. „Du findest mein Versagen …
charmant?"

„Definitiv."

Oh.

Das Date ging weiter, und erstaunlicherweise
überlebte ich es. Keine weiteren Flugobjekte, kein
Sturz auf dem Weg zur Toilette, und ich
verschüttete auch nichts. **Ich, Lena, hatte ein
halbwegs normales Date.**

Und dann, kurz bevor wir aufbrechen wollten, sah ich
sie: **meine Ex-Chefin.**

Meine. Ex. Chefin.

Die Frau, die mich vor drei Jahren gefeuert hatte,
weil ich angeblich „zu unorganisiert" war. **Ich
schwöre, es war nicht meine Schuld, dass ihr
Kaffee damals über die gesamten
Vertragsunterlagen gelaufen war.**

Ich duckte mich instinktiv.

„Äh … Lena? Warum schleichst du unter den Tisch?"

„Notfall", flüsterte ich.

Tom beugte sich vor. „Muss ich auch unter den Tisch?"

„Nein, das wäre auffällig."

„Dich gerade hier unten zu verstecken, ist nicht auffällig?"

Ich überlegte kurz. „Okay, fair." Ich setzte mich langsam wieder auf meinen Stuhl.

Doch zu spät. Meine Ex-Chefin hatte mich bereits entdeckt und kam mit einem arroganten Lächeln näher.

„Lena! Was für eine Überraschung."

„Ja! Überraschung! Die Welt ist klein!" Ich lachte zu laut.

„Und du bist … hier? Mit einem … Date?" Sie musterte Tom mit einem Blick, der eine Mischung aus Unglauben und Mitleid war.

Tom streckte ihr die Hand entgegen. „Tom. Und ja, das hier ist ein Date."

Ich schwitzte. Das war eine Situation, die nur noch schlimmer werden konnte.

„Nun", sagte meine Ex-Chefin. „Schön zu sehen, dass du dein Chaos in den Griff bekommen hast."

„Ja, ich bin jetzt eine völlig neue, organisierte Person", sagte ich und trat in diesem Moment versehentlich gegen das Tischbein, sodass mein Wasserglas wackelte.

Tom griff blitzschnell danach. **Er fing das Glas auf.**

„Beeindruckend", murmelte ich.

Er zwinkerte mir zu. „Ich lerne schnell."

Meine Ex-Chefin verzog den Mund und ging weiter. Ich atmete auf.

„Das war knapp."

Tom lachte. „Ich glaube, du machst das Leben für alle ein bisschen spannender."

Ich runzelte die Stirn. „Und das ist … gut?"

„Definitiv. Und du schuldest mir ein drittes Date."

Ich blinzelte. „Ich … tue das?"

„Ja. Ich will wissen, welches Chaos du als Nächstes anrichtest."

Ich lachte. **Okay. Vielleicht, nur vielleicht,** hatte ich das Dating-Game doch noch nicht komplett verloren.

Mission „Keine Katastrophe" (Spoiler: Es klappt nicht)

Ich hatte es versprochen. **Kein Chaos mehr. Kein Peinlichsein.** Dieses Mal wollte ich ein Date haben, das man als „normal" bezeichnen konnte.

Sarah war skeptisch. „Lena, du bist einfach nicht der Typ für reibungslose Abläufe."

„Das ist unfair! Ich kann total unauffällig und elegant sein."

Sarah zog eine Augenbraue hoch. „Echt jetzt? Wie der Moment, als du letzte Woche eine Wassermelone im Supermarkt fallen gelassen hast und sie einen Dominoeffekt mit den restlichen Melonen ausgelöst hat?"

„Das war ein Unfall!"

„Oder als du dich im Aufzug deines Büros ausgesperrt hast? Und dein Mittagessen noch drin war?"

Ich stöhnte. „Ja, okay, ich bin vielleicht ein wandelnder Unfall. Aber dieses Mal nicht!"

Der perfekte Date-Plan

Ich hatte mir überlegt, dass ein Spaziergang im Park sicher und katastrophenfrei wäre. **Was konnte da schon schiefgehen?** Keine Tische, keine Tassen, keine Gabeln, die ich werfen konnte.

Tom war sofort dabei. „Ich finde die Idee super! Frische Luft und weniger potenzielle Gefahren für mein Hemd."

„Witzig." Ich schob spielerisch seine Schulter.

Wir trafen uns am Samstag bei bestem Wetter. Ich hatte extra Sneakers angezogen, damit ich nicht stolperte, und war hochmotiviert, meine innere Lady-like-Persönlichkeit zu channeln.

Die ersten zwanzig Minuten verliefen … **perfekt**. Wir unterhielten uns über Filme, Reisen und welche seltsamen Snacks wir als Kinder geliebt hatten. Ich entspannte mich. **Vielleicht war ich doch nicht verflucht.**

Doch dann passierte es.

Der Hund.

Ein riesiger, absolut enthusiastischer Labrador tauchte aus dem Nichts auf und war offenbar überzeugt, dass ich seine lang verschollene Besitzerin war. Er sprang an mir hoch, wedelte wie ein Presslufthammer und – **ratsch!**

Ich erstarrte.

„Lena …", sagte Tom langsam.

Ich sah an mir herunter. **Meine Jacke. Meine wunderschöne, nagelneue Jacke. Sie war jetzt … nicht mehr ganz so neu.** Der Hund hatte mit seinen Krallen einen eleganten Riss hineingezaubert.

„Oh nein!", rief die Besitzerin des Labradors. „Das macht er nur bei Leuten, die er liebt!"

„Toll", murmelte ich. „Ich bin anscheinend seine Seelenverwandte."

Tom versuchte, nicht zu lachen. Ich schielte ihn an.

„Du lachst doch nicht etwa?!"

„Nein …", sagte er und prustete dann doch los. „Okay, vielleicht ein bisschen."

„Ich hasse alles."

Tom wischte sich eine Träne aus dem Auge. „Weißt du, was ich an dir mag?"

„Dass ich eine wandelnde Tragödie bin?"

„Nein. Dass du trotz allem weitermachst. Du gibst nicht auf."

Ich verdrehte die Augen. „Das nennt man Überlebensinstinkt."

„Oder Charme."

Ich starrte ihn an. **War das … süß?!**

Tom lächelte mich an. „Weißt du was? Ich glaube, das ist mein Lieblingsdate bisher."

Ich blinzelte. „Trotz … der Jacke?"

„Gerade wegen der Jacke."

Ich lachte. **Vielleicht war das Ganze doch nicht so schlimm.**

Und dann trat ich in einen matschigen Pfützenrest. **Mit beiden Füßen.**

„Okay, Tom", seufzte ich. „Hör zu. Ich bin mir sicher, irgendwo gibt es ein nettes, normales Mädchen, das niemals in Hundepfützen tritt oder Melonen-Unfälle hat."

Er zog mich aus dem Matsch und grinste. „Und wo bleibt da der Spaß?"

Ich schüttelte fassungslos den Kopf – und dann lachten wir beide.

Vielleicht war ich wirklich ein wandelndes Chaos. Aber anscheinend war Tom genau der Typ Mensch, der das mochte.

Hoch hinaus – oder auch nicht

Nach dem Pfützendebakel beschloss ich, dass es an der Zeit war, ein Date zu organisieren, das **null Prozent Chaos-Potenzial** hatte. Also schlug ich vor, ins **Planetarium** zu gehen.

Sarah nickte anerkennend. „Gute Wahl. Dunkel, man sitzt nur da, keine Tische oder Gabeln in der Nähe."

„Genau! Und solange ich nicht plötzlich aufstehe und die Lichtshow ruiniere, kann nichts passieren."

Sarah überlegte kurz. „Okay, aber nur zur Sicherheit – versprich mir, dass du keine geheimen Lichtschalter berührst oder versehentlich eine Feueralarm-Taste drückst."

„Sarah! Ich bin doch nicht komplett unfähig!"

Ich ignorierte den skeptischen Blick, den sie mir zuwarf.

Die große Weltraumshow (aka mein nächstes Desaster)

Tom fand meine Idee großartig. „Sterne anschauen, ohne zu frieren – klingt perfekt."

Also saßen wir da, umgeben von Pärchen, Schulklassen und Rentnergruppen, während der Raum langsam dunkel wurde. Die beruhigende Stimme des Sprechers begann:

„Wir reisen nun durch das Universum, Milliarden Lichtjahre von der Erde entfernt ..."

Ich atmete tief durch. **Es klappte! Alles lief perfekt!**

Bis ich niesen musste.

Und nicht einfach ein kleines „Hatschi". **Nein.** Ein explosiver, voller Körpereinsatz-Nieser, der mich so

heftig nach vorne katapultierte, dass mein Knie gegen
die Sitzreihe vor mir donnerte.

Ein älterer Herr drehte sich erschrocken um.

„Entschuldigung!", flüsterte ich und rieb mir das Knie.

Tom versuchte nicht zu lachen. „Du okay?"

„Ja, ja, alles gut!" Ich seufzte. „Immerhin war das nur
ein Nieser. Es hätte schlimmer kommen können."

Ich hätte es nicht sagen sollen.

Denn genau in dem Moment passierte es:

Mein Schal, den ich achtlos auf meinen Schoß gelegt
hatte, rutschte **geräuschlos** über den Boden – direkt
in den Gang. Und bevor ich ihn retten konnte, trat ein
Mitarbeiter darauf, rutschte aus und …

drückte im Fallen einen sehr, sehr wichtigen Knopf.

Plötzlich leuchtete das ganze Planetarium in grellem
Weiß auf.

Das Universum war weg.

Die Sterne? **Verschwunden.**

Stattdessen sahen wir alle aus wie Rehe im Scheinwerferlicht.

„Äh … wir haben da ein kleines technisches Problem …", sagte der Sprecher verwirrt.

Ich rutschte tiefer in meinen Sitz. **Warum immer ich?!**

Tom lehnte sich zu mir. „Also, ich hatte noch nie ein Date, bei dem wir versehentlich das Universum zerstört haben."

Ich knurrte. „Ich schwöre, das war nicht meine Schuld!"

Er lachte leise. „Lena, ich glaube, es gibt kein Date mit dir, das *nicht* chaotisch wird."

„Und trotzdem bist du immer noch hier?"

Er grinste. „Na klar. Sonst hätte ich doch nie so viel Spaß."

Tom war entweder verrückt – oder genau der richtige Mensch für mich.

Kaffeekatastrophe mit Herzklopfen

Nach dem *„Ups, wir haben das Universum gelöscht"*-
Vorfall im Planetarium wollte ich es
diesmal **wirklich** richtig machen. Ein harmloser,
gemütlicher Kaffeebesuch – **was konnte dabei schon
schiefgehen?**

Ich hätte es besser wissen müssen.

Die perfekte Kaffeepause

„Ein Café also?", fragte Tom mit einem Schmunzeln,
als wir uns trafen. „Sicher, dass du mich nicht in eine
geheime Kaffeebohnen-Fabrik schmuggelst, wo du
versehentlich die Espresso-Maschine sprengst?"

Ich verschränkte die Arme. „Sehr witzig. Diesmal
läuft alles perfekt."

Und es lief tatsächlich erstaunlich gut. Wir saßen
draußen, die Sonne schien, ich hatte meine
Tasse **sicher** mit beiden Händen umschlossen, um
keine peinlichen Kaffee-Unfälle zu verursachen.

Wir unterhielten uns über unsere verrücktesten
Erlebnisse. Ich erzählte von dem peinlichen Moment,
als ich einem Fremden versehentlich meine
Einkaufstüte mit meinen neongelben Unterhosen in
die Hand gedrückt hatte. Tom berichtete von dem
Tag, an dem er dachte, er wäre zu einem

Bewerbungsgespräch eingeladen – und erst nach zehn Minuten bemerkte, dass er im völlig falschen Unternehmen saß.

Ich lachte so sehr, dass ich fast meine Tasse losließ – **fast**. Aber ich fing sie rechtzeitig auf. **Es klappte! Ich war endlich nicht die Königin der Fettnäpfchen!**

Doch dann ...

kam die Taube.

Eine riesige, entschlossene Taube mit einem einzigen Ziel: Mein Croissant.

Bevor ich reagieren konnte, schoss sie heran – und verhedderte sich **in meinen Haaren.**

„Aaaaahhh!!", schrie ich, während ich wild herumfuchtelte.

„Oh mein Gott!" Tom sprang auf. „Lena, bleib ruhig!"

„Wie denn?! Da ist ein Vogel auf meinem Kopf!!"

Die Taube strampelte, flatterte – und schaffte es irgendwie, mit ihren kleinen Krallen meine Sonnenbrille quer über mein Gesicht zu schieben.

„Hilfe! Ich sehe nichts mehr! Ich werde von einer Taube entführt!"

Tom versuchte, sie vorsichtig zu verscheuchen.
„Okay, Madame Taube, ich glaube, das reicht jetzt …"

Mit einem lauten *Flapp-Flapp* ließ sie endlich los – **und flog genau gegen den Kellner.**

Der erschrak, stolperte … und schüttete dabei einen **riesigen Eiskaffee** direkt über mein Shirt.

Ein entsetztes Schweigen folgte.

Ich saß da, klitschnass, mit halb zerzaustem Haar und einer halb abgerissenen Sonnenbrille auf der Nase.

Tom presste die Lippen zusammen.

„Nein!", rief ich warnend. „Tom, du lachst nicht! Tu es nicht!"

Sein Gesicht wurde rot vor unterdrücktem Lachen.
„Ich … ich versuche es … aber …"

Und dann prustete er los. **Ein lautes, herzhaftes, völlig unkontrollierbares Lachen.**

Ich schüttelte fassungslos den Kopf – und dann konnte ich nicht anders. Ich lachte mit.

Denn ganz ehrlich – wer erlebt so was schon?

„Ich hoffe, du weißt, dass du die wandelnde Definition von Chaos bist", schnaufte Tom schließlich.

Ich wischte mir lachend die Augen. „Tja, du hättest ja fliehen können. Warum bist du noch hier?"

Er sah mich an, seine Augen warm und voller ehrlicher Zuneigung.

„Weil ich mich ohne dich langweilen würde."

Mein Herz machte einen Sprung. **Oh.**

Vielleicht war ich wirklich ein einziges Desaster. Aber für Tom war ich offenbar **sein** Desaster.

Die Schwiegereltern-Falle

Ich hatte bisher einige katastrophale Dates mit Tom erlebt – aber **nichts**, wirklich **nichts**, konnte mich auf das vorbereiten, was nun kam:

Das erste Treffen mit seinen Eltern.

Tom hatte es beiläufig erwähnt, als wäre es keine große Sache. „Meine Eltern machen ein kleines Abendessen am Samstag. Komm doch vorbei."

Ich erstarrte. „Du willst, dass ich deine Eltern treffe?!"

„Äh … ja? Ich dachte, das wäre irgendwann normal?"

Normal. Ich und Normalität – zwei Dinge, die sich so gut verstanden wie Katzen und Gurken.

„Klar!", piepste ich. „Ich freue mich total darauf!"

In Wahrheit war ich kurz davor, einen Fluchtplan zu entwickeln.

Mission: Schwiegermutter beeindrucken

Sarah war meine Rettung. Sie zwang mich, eine elegante Bluse anzuziehen, meine Haare ordentlich zu machen und mir einzureden, dass ich *nicht* das ganze Haus in Brand setzen würde.

„Du kannst das", versicherte sie mir. „Bleib ruhig, sei höflich – und, um Himmels willen, lass keine Soße über das Tischtuch laufen."

„Haha, sehr witzig."

Ich marschierte mit Tom zu seinem Elternhaus, fest entschlossen, **die perfekte Schwiegertochter in spe** zu sein.

Seine Mutter, Beate, öffnete die Tür. Eine elegante Frau mit scharfem Blick. Sein Vater, Herbert, hatte einen festen Händedruck und diese Art von Gesichtsausdruck, die sagte: *Ich analysiere dich gerade.*

„Schön, dich kennenzulernen, Lena", sagte Beate.

„Danke! Ich, äh, du auch!"

Tom zwinkerte mir zu. Ich ignorierte ihn und konzentrierte mich darauf, **nichts zu ruinieren.**

Beim Essen lief es erstaunlich gut – bis das Dessert kam.

Und der Stuhl zusammenbrach.

Ja. Mein Stuhl. Unter mir. Während ich gerade versuchte, elegant eine Mousse au Chocolat zu essen.

Mit einem lauten *KRAAACKS* sackte ich nach unten, meine Arme ruderten – und zack, **mein Dessert landete auf Beates weißer Tischdecke.**

Stille.

Ich starrte das Schokodesaster an. Mein Gesicht brannte.

Tom ... versuchte nicht zu lachen.

Sein Vater hustete. Seine Mutter ... atmete scharf ein.

„Äh ...", murmelte ich. „Ich wollte nur testen, ob der Boden stabil ist?"

Beate blinzelte. Dann – **lachte sie.**

„Endlich mal jemand mit Action!", rief sie. „Immer nur diese steifen Essen mit den Freunden von Herbert ... Tom, sie gefällt mir!"

Ich blinzelte. „Wirklich?!"

Herbert nickte anerkennend. „Man sieht selten Menschen, die so elegant mit einem Sturz umgehen."

Ich grinste. **Vielleicht war das gar nicht so schlecht gelaufen.**

Tom schüttelte den Kopf. „Lena, ich hoffe, du weißt, dass ich dich nicht mehr aus meinem Leben lassen kann."

Ich lachte. „Na ja, wenn du mich schon deiner Familie ausgesetzt hast ..."

Vielleicht war ich ein wandelndes Chaos – aber anscheinend hatte ich genau die richtige Familie gefunden.

Ein Missverständnis mit Nebenwirkungen

Nach dem überraschend erfolgreichen Schwiegereltern-Debüt lief zwischen Tom und mir eigentlich alles super. Keine größeren Katastrophen, keine beinahe-weltbewegenden Peinlichkeiten – ich fühlte mich fast … **normal**.

Und genau das machte mir Angst.

Ich war **nie** normal. Mein Leben bestand aus Stolperfallen, peinlichen Fettnäpfchen und Missgeschicken, die in jeder romantischen Komödie für Lacher gesorgt hätten. Was, wenn Tom irgendwann merkte, dass er eigentlich eine völlig unkomplizierte Freundin wollte? Eine, die nicht ständig in Wasserspiele stolperte oder Planetarien versehentlich außer Gefecht setzte?

Diese Gedanken begleiteten mich, als ich zufällig etwas mitbekam, das mein Herz einen Moment aussetzen ließ.

Tom saß mit einer Frau im Café.

Sie war wunderschön. Langes, dunkles Haar, ein makelloses Lächeln, selbstbewusste Gesten. Und Tom sah … **verdammt glücklich** aus.

Ich konnte nichts hören, aber er lehnte sich vor, lachte über etwas, das sie sagte. Sie berührte spielerisch seinen Arm.

Ich erstarrte.

Mein Magen zog sich zusammen. Mein Kopf raste.

War sie seine Ex? Eine Kollegin? Oder – schlimmer – hatte er gemerkt, dass er jemanden wie **sie** wollte und nicht mich, das wandelnde Chaos?

Sarahs Stimme in meinem Kopf versuchte mich zu beruhigen. *Lena, chill. Frag ihn einfach.*

Aber mein inneres Drama-Kino war schon angelaufen. Und es zeigte nur einen einzigen Film: *Tom verlässt mich für Miss Perfekt.*

Das große Fettnäpfchen des Jahrhunderts

Ich beschloss, cool zu bleiben. **Erstmal unauffällig checken, was los war.**

Also tat ich das, was jede vernünftige Frau tun
würde:

Ich versteckte mich hinter einer riesigen Palme vor
dem Café und versuchte, durch die Blätter zu spähen.

Blöderweise bemerkte mich der Kellner.

„Äh … kann ich helfen?"

Ich fuhr herum. „Was? Nein! Ich … äh … interessiere
mich für Botanik?"

Er zog eine Augenbraue hoch. „Während Sie mit
Ihrem Gesicht fast im Blumentopf hängen?"

„Ja. Forschung."

Dann kam eine plötzliche Böe. Die Palme schwankte –
und **ich verlor das Gleichgewicht.**

„WAH!"

Ich stolperte, versuchte mich irgendwo festzuhalten
- und landete mit einem lauten *Plumps* genau auf dem
Tisch eines älteren Ehepaars, das gerade genüsslich
Torte aß.

„Meine Schwarzwälder Kirschtorte!", rief die ältere
Dame entsetzt.

„Oh mein Gott, es tut mir so leid!", japste ich.

Als ich mich aufrappelte, sah ich, wie Tom mich mit großen Augen ansah. Neben ihm saß **die Frau**, die mich nun neugierig musterte.

„Lena?", fragte Tom verblüfft.

Ich fühlte mich, als hätte man mich auf frischer Stalker-Tat ertappt.

„Ich … äh … ich war nur zufällig hier!"

„Hinter einer Palme?"

„Botanik!"

Seine Begleitung lachte. „Tom, ist das deine Freundin? Die ist ja großartig!"

WAS?

Ich blinzelte. „Moment … du kennst mich?"

Die Frau strahlte. „Tom hat mir so viel von dir erzählt! Ich bin seine Cousine Marie."

Ich fror ein.

Seine. **Cousine.**

Tom sah mich an – erst irritiert, dann dämmerte es
ihm.

„Lena ... dachtest du etwa ... dass ich ...?"

Ich wurde so rot wie eine Tomate. „NEIN! Also ...
vielleicht? Ein kleines bisschen?"

Marie prustete los. „Oh Gott, ich mag sie. Behalt die,
Tom."

Ich versank am liebsten im Boden. Aber als ich
vorsichtig zu Tom hochsah, grinste er nur.

„Du bist unglaublich, weißt du das?"

Ich rieb mir verlegen den Nacken. „Tja, irgendwas
muss ich ja sein."

Er griff meine Hand und zog mich sanft zu sich. „Ich
liebe dich genau so."

Mein Herz machte einen Purzelbaum.

Vielleicht war ich ein Chaos-Magnet. Aber Tom? Tom
liebte genau das an mir.

Die Katastrophe vor dem großen Moment

Nachdem mein „Ich-verfolge-meinen-Freund-wie-ein-verdächtiger-Agent"-Fiasko vorbei war, hätte ich es eigentlich ruhig angehen lassen können. **Aber nein, nicht mit mir.**

Denn das Schicksal – oder meine grenzenlose Fähigkeit, in peinliche Situationen zu geraten – hatte noch einen Trumpf im Ärmel.

Ein romantisches Wochenende.

Tom hatte vorgeschlagen, ein paar Tage in einer süßen Berghütte zu verbringen. Kaminfeuer, Sternenhimmel, entspannte Abende zu zweit – es klang wie der perfekte Liebesfilm.

Blöderweise wurde es eher eine Mischung aus *„Ich weiß, was du letzten Winter getan hast"* und *„Lena schafft es, sich selbst zu sabotieren"*.

Ein Wochenende mit Hindernissen

Schon die Hinfahrt hätte mich warnen sollen.

„Bist du sicher, dass das Navi uns nicht in die Wildnis schickt?", fragte ich skeptisch, als wir auf einem immer enger werdenden Waldweg entlangfuhren.

„Klar, ist ne Abkürzung.“

Schnitt.

Wir standen fest.

Der Wagen steckte mitten in einer matschigen Pfütze fest, die eher einem Mini-Sumpf glich.

„Äh … ups?“, murmelte Tom.

„Ups?!“ Ich zeigte auf die sich langsam nähernde Dämmerung. „Willst du mich hier von Wölfen fressen lassen?!“

„Beruhig dich, Lena. Ich hab das im Griff.“

Er hatte es nicht im Griff.

Nach zwanzig Minuten Graben, Fluchen und verzweifelten Versuchen, das Auto aus dem Schlamm zu befreien, waren wir beide von oben bis unten mit Matsch bespritzt.

„Romantisch, oder?“, meinte Tom und wischte sich Dreck aus dem Gesicht.

„Oh ja, genau so hab ich mir das vorgestellt.“

Schließlich mussten wir den Wagen aufgeben und den Rest des Weges **zu Fuß** gehen. Es war kalt, es war

dunkel – und natürlich stolperte ich **dreimal** über
Wurzeln, bevor wir endlich an der Hütte ankamen.

Ich war erledigt. Und hungrig.

„Gut, dass ich uns was Leckeres mitgebracht habe!",
meinte ich und zog die Tüte mit Lebensmitteln aus
meinem Rucksack.

Tom grinste. „Perfekt. Was gibt's?"

Ich kramte – und erstarrte.

Langsam, sehr langsam, zog ich
einen **leeren** Schokoriegel-Wrapper heraus.

„Äh …"

„Lena?"

Ich öffnete die Tüte komplett – und starrte auf pure
Leere.

„Die Tüte … sie war … vorhin noch voll?", murmelte
ich.

Tom hob eine Augenbraue. „Sag mir nicht, dass du die
ganze Verpflegung auf der Fahrt gegessen hast?"

Ich schluckte. **Mist.**

„Also ... vielleicht ... war ich ein bisschen snack-hungrig?"

„Du hast unser Essen AUFGEGESSEN?!"

„Es war ein langer Weg!"

„Wir haben nur noch ein paar Kekse! Das reicht nicht mal für einen Hobbit!"

„Tja, dann müssen wir wohl kuscheln, um uns warm zu halten." Ich grinste unschuldig.

Tom schüttelte lachend den Kopf. „Lena, du bist die einzige Person, die sich auf einem Luxus-Wochenende selbst in ein Überlebenscamp katapultiert."

Ich zuckte die Schultern. „Aber du liebst mich trotzdem."

Er seufzte. „Ja. Ich liebe dich trotzdem."

Mein Herz machte einen Hüpfer. **Vielleicht war das Wochenende doch nicht so schlecht.**

Ein Ring und eine Katastrophe

Am nächsten Abend saßen wir am Kamin, eingekuschelt in eine Decke, als Tom plötzlich nervös wurde.

„Lena?", begann er vorsichtig.

Ich nippte an meinem heißen Tee. „Hmm?"

Er räusperte sich. „Ich … wollte dir schon länger etwas sagen."

Ich setzte mich auf. **War das … etwa … ein Antrag?!**

Tom fuhr sich durch die Haare. „Also … wir hatten so viele verrückte Momente zusammen. Und ich hab erkannt, dass ich dich mit all deinem Chaos, deinen peinlichen Missgeschicken und deiner verrückten Art liebe."

Ich spürte, wie mein Herz raste. **Oh mein Gott, er macht es wirklich!**

„Und deswegen wollte ich dich fragen …"

Sein Blick wurde liebevoll, er holte tief Luft –

– und dann stürzte das Regal hinter ihm zusammen.

KLONK.

Bücher, Deko, eine alte Uhr – ALLES fiel in einer epischen Kettenreaktion um.

Ich riss die Augen auf. „Oh nein!"

Tom saß mitten im Chaos, die Haare mit Staub bedeckt, zwischen sich – **eine kleine, geöffnete Schachtel mit einem Ring.**

Oh. Mein. Gott.

Er hob eine Augenbraue. „Ich wollte gerade fragen, ob du meine Frau werden willst – aber ich nehme an, das ist kein gutes Omen?"

Ich starrte ihn an, mein Herz klopfte wie verrückt.

Dann brach ich in Lachen aus. „Nein, Tom. Das ist unser perfektes Omen."

Er grinste. „Also …?"

Ich schnappte mir den Ring, küsste ihn und flüsterte: „Ja. Ja, ja, JA!"

Vielleicht war unser Leben ein einziges Chaos. Aber es war unser Chaos – und genau so wollte ich es für immer haben.

Hochzeitsvorbereitungen mit Hindernissen

Ich hatte „Ja" gesagt.

Ich war offiziell verlobt.

Und jetzt begann das, was jede Frau mit Romantik im Herzen sich sehnlichst wünschte: **die Hochzeitsplanung.**

Oder, in meinem Fall: **die größte Katastrophe meines Lebens.**

Denn wer hätte ahnen können, dass eine Hochzeit zu organisieren komplizierter war als ein Raketenstart der NASA?

Die Brautkleid-Katastrophe

„Was hältst du von dem hier?"

Sarah hielt mir ein Kleid hin, das ungefähr fünf Kilo Spitze und zehn Kilo Tüll hatte.

Ich blinzelte. „Willst du mich in eine Hochzeitstorte verwandeln?"

„Pff, das ist klassisch! Probier's an!"

Seufzend ließ ich mich in das Kleid zwängen. Ich drehte mich zum Spiegel – und prustete los.

„Ich sehe aus wie eine explodierte Ballerina."

Sarah verdrehte die Augen. „Gut, dann was Schlichteres."

Nach zwanzig Kleidern – von „tragbare Sahnetorte" bis „Atemnot durch Korsett" – fand ich *endlich* eines, das perfekt war: schlicht, elegant, aber mit einem Hauch von Drama.

Ich trat aus der Umkleide. „Na?"

Sarah schnappte nach Luft. „Oh mein Gott, Lena. Das ist es!"

Ich strahlte. **Endlich lief mal etwas glatt!**

Und dann blieb ich mit dem Rock im Kleiderständer hängen und riss versehentlich drei weitere Brautkleider mit.

Die Verkäuferin stöhnte. „Wollen Sie es direkt kaufen? Bevor noch ein Unfall passiert?"

Ich nickte kleinlaut.

Einladungskarten – oder der Druck des Todes

„Ich hab online richtig schöne Einladungen gefunden!",
erklärte ich Tom.

„Cool. Was ist das Problem?"

Ich hielt einen Zettel hoch. „Schau mal, was der
Drucker daraus gemacht hat."

Er nahm die Karte und las laut vor:

**„Wir laden euch herzlich zu unserer HOCHZUG
ein."**

Stille.

Dann prustete Tom los. „HOCHZUG?!"

Ich raufte mir die Haare. „Das ist nicht lustig! Wir
haben 100 Karten gedruckt! Ich kann nicht allen
sagen, dass sie zu einem Hochzug eingeladen sind!"

„Wieso nicht? Klingt irgendwie nach Abenteuer.
Vielleicht denkt jemand, wir feiern in einem
Heißluftballon?"

Ich schnappte mir ein Kissen und warf es nach ihm.
„Nicht hilfreich!"

Sarah rettete mich, indem sie mir in Rekordzeit neue Karten druckte. *Mit dem richtigen Wort.*

Der Junggesellinnenabschied des Grauens

Ich hatte Sarah mit der Planung meines Junggesellinnenabschieds beauftragt. Ein kleiner, netter Abend, dachte ich. Ein Dinner vielleicht.

Sarah dachte: **„Lasst uns Lena in den Wahnsinn treiben."**

Das Ergebnis?

Ich fand mich in einem rosa Einhorn-Kostüm in einer Karaoke-Bar wieder, mit einer Krone auf dem Kopf, die „BRIDEZILLA" blinkte.

„Sarah", zischte ich. „Wieso ist das hier?"

„Weil du Spaß haben sollst!"

„Ich wollte ein ruhiges Dinner!"

„Ja, aber das hier ist viel witziger."

Ich wollte protestieren, doch in dem Moment kündigte der Moderator mein „besonderes Geschenk" an: **einen Stripper.**

Ich erstarrte.

Und dann kam – **Tom.**

Auf der Bühne.

In einem viel zu engen Hemd, mit Cowboyhut.

Ich keuchte. „NEIN!"

Tom grinste und fing an, auf *„I'm too sexy"* albern herumzutanzen.

Ich verdeckte mein Gesicht. „Ich heirate einen Idioten."

Sarah kreischte vor Lachen. „Und du liebst ihn!"

Ich warf eine Serviette nach ihr.

Aber ja … ich liebte ihn.

Der Hochzeitsmorgen – natürlich mit Chaos

Der große Tag war da. Alles war bereit. Das Kleid hing parat. Die Gäste warteten.

Ich atmete tief durch. *Diesmal wird nichts schiefgehen.*

Und genau in diesem Moment klingelte mein Handy.

Sarah.

„Lena … bleib ruhig."

Ich erstarrte. „Was ist passiert?"

„Also … ein klitzekleines Problem."

„Sarah."

„Jemand hat den falschen Kuchen geliefert."

Ich stöhnte. „Wie schlimm?"

„Statt einer dreistöckigen Hochzeitstorte haben wir
… äh … eine gigantische Darth-Vader-Torte."

Stille.

Dann sagte ich nur: „Okay. Ich nehme das als Zeichen.
Diese Hochzeit wird genau so chaotisch wie wir."

Und als ich später zum Altar schritt, Tom mit diesem
liebevollen Grinsen sah und er mir zuzwinkerte,
wusste ich:

Genau so sollte es sein.

Die chaotisch schönste Hochzeit aller Zeiten

Es gibt diese Hochzeiten, bei denen alles perfekt ist.
Die Blumen blühen, die Gäste sehen aus wie aus einem
Hochglanzmagazin, und die Braut schwebt förmlich
zum Altar.

Und dann gibt es unsere Hochzeit.

Die, bei der ich in letzter Sekunde mein Kleid mit
Haarspray retten musste, weil mein Neffe es mit
Marmelade bekleckert hatte.

Die, bei der der Trauzeuge seinen Anzug vergaß und in
einer geliehenen Jacke von Opa Günther vor mir
stand.

Die, bei der die Ringe kurzzeitig verschwunden waren,
weil Toms kleiner Cousin sie für Schokoladentaler
hielt und im Garten vergrub.

Und die, bei der ich vor lauter Aufregung mit meinem
Schleier an einer Blumendeko hängen blieb, sodass
das gesamte Arrangement krachend zu Boden fiel –
mitten in den schönsten Moment der Zeremonie.

Doch weißt du was?

Es war perfekt.

Denn als ich endlich vor Tom stand, sah ich nichts anderes mehr als ihn. Sein Lächeln, sein Blick, dieses kleine Zwinkern, das sagte: *Ich liebe dein Chaos.*

„Lena", begann er, „ich wusste schon bei unserem ersten Date, dass du nicht die typische Frau bist. Ich meine, welche Frau schafft es, in nur zwei Stunden ein Kleid mit Rotwein zu ruinieren, in einen Springbrunnen zu fallen und trotzdem die charmanteste Person im Raum zu sein?"

Lachen ging durch die Reihen.

Ich verdrehte die Augen. „Tom, wenn deine Rede so weitergeht, bringe ich dich noch VOR der Hochzeit um."

Er grinste. „Ich liebe dich genau so, wie du bist. Unperfekt perfekt. Und ich verspreche dir, dass ich dich für immer lieben werde – egal, wie viele Missgeschicke noch passieren."

Mein Herz machte einen Hüpfer.

Ich nahm seine Hände und sagte: „Tom, mit dir zu leben ist, als wäre ich in einer romantischen Komödie gefangen – nur, dass du der charmante, aber verpeilte Hauptdarsteller bist."

Tom lachte.

„Und ich verspreche dir, dass ich dich immer lieben werde – egal, ob du wieder vergisst, wo du dein Handy hingelegt hast, oder ob wir gemeinsam in das nächste Fettnäpfchen treten."

Der Pfarrer lächelte. „Nun, wenn das mal nicht nach der ehrlichsten Eheversprechung aller Zeiten klingt. Ich erkläre euch hiermit zu Mann und Frau!"

Tom küsste mich – und in dem Moment kippte im Hintergrund die Darth-Vader-Hochzeitstorte um.

Natürlich.

Aber als wir in schallendes Lachen ausbrachen, wusste ich: **Es war die perfekte Hochzeit für uns.**

Epilog: Glücklich chaotisch bis ans Ende aller Tage

Ein Jahr später.

Ich stand in unserer Küche und beobachtete Tom, wie er versuchte, Pancakes zu machen.

„Du bist dir sicher, dass das so gehört?" Ich zeigte auf den Teigklumpen, der aussah wie eine Mischung aus Alien und Schuhsohle.

„Lena, vertrau mir. Ich bin jetzt ein verheirateter Mann, ich kann kochen."

In diesem Moment fing der Pancake an zu rauchen. Ich zog eine Augenbraue hoch. Tom seufzte. „Okay, vielleicht auch nicht." Ich lachte und umarmte ihn von hinten. „Weißt du was? Das ist mir egal. Solange wir zusammen lachen können, ist alles gut."

Er drehte sich um, küsste mich auf die Stirn und grinste. „Also, du meinst, auch wenn ich irgendwann aus Versehen die Küche abbrenne?"

Ich überlegte. „Solange du die Versicherung abgeschlossen hast, ja."

Und dann küsste er mich – und ich wusste, dass unser Leben immer chaotisch bleiben würde.

Aber genau das machte es perfekt

ENDE ♡

Widmung:

Für alle, die das Chaos lieben.
Für die, die stolpern, fallen und mit einem Lachen
wieder aufstehen.
Für die, die wissen, dass das wahre Leben keine
perfekt geplante Romantik ist –
sondern eine wunderbare Mischung aus
Katastrophen, Küssen und Kaffeeflecken.

Und natürlich für alle, die jemanden gefunden
haben,
der sie genau so liebt, wie sie sind –
mit all ihren kleinen und großen Missgeschicken.

Dieses Buch ist für euch. ♡